(par le baron d'Ho

LETTRE

A UNE DAME

D'UN CERTAIN AGE,

SUR L'ETAT PRE'SENT

DE L'OPÉRA.

EN ARCADIE,

Aux dépens de l'Académie Royal de Musique.

1752.

LETTRE

A UNE DAME

D'UN CERTAIN AGE,

Sur l'état présent de l'Opéra.

M ADAME,

CE fut, il n'en faut pas douter, un pres-
sentiment qui vous détermina à quitter une
Ville dans laquelle il alloit se passer les plus
étranges extravagances. Que vous êtes heu-
reuse de n'en avoir pas été témoin ! & qu'il
est triste pour moi d'être destiné par vos or-
dres à vous annoncer des malheurs auxquels
je sens déja toute la part que vous allez prendre ! Ecoutez, Madame & frémissez. Les
tems que vous aviez prédits sont arrivés.
Nous avons vû, à la honte de la Nation &
de notre siécle, le Théâtre *auguste* de l'O-

per a profané par d'indignes Bâteleurs. Oui,
Madame, ce fpectacle fi grave, fi vénérable,
dont l'immortel Lulli fon fondateur fembloit
avoir pris foin d'écarter les ris infenfés & la
gayeté indécente, a été abandonné à des Hiftrions Ultramontains : fa *dignité* vient d'être
avilie par les repréfentations les plus burlef-
ques & par la mufique la plus folâtre : une
joye bruyante & des éclats immodérés ont
déchiré le voile de ce Temple & fuccédé au
fang froid, noble & majeftueux, & aux applaudiffemens fages & mefurés des admira-
teurs de Campra, de Mouret, de Deftou-
ches. O tems ! O mœurs !

C'eft à nos jours, à ces jours de déprava-
tion, de mauvais goût & de vertige qu'il
étoit réfervé de déconcerter des vifages auf-
teres qui avoient été depuis fi longtems l'é-
tiquette au Théâtre Lyrique.

On rit à l'Opera, on y rit à gorge dé-
ployée ! Ah, Madame, peu s'en faut que
cette trifte idée ne me faffe pleurer.

Hélas ! cette révolution ne fut que trop
clairement annoncée, lorfqu'un Novateur
facrilege ofa s'affranchir des routes connues,
& porter à nos oreilles des accords ignorés.
Les bons Citoyens n'entendirent pas les fim-
phonies d'*Hippolite* & d'*Aricie*, les ouver-

ures des *Indes Galantes* & des *Talents Lyriques*, fans en frémir. Ces vieillards à perruques refpectables, que leur longue expérience & la vivacité de leur organe ont mis en droit de juger depuis foixante ans fans examen & fans appel, interrompirent les repréfentations de *Platée* par leurs fanglots & leurs gémiffemens ; & nous, Madame, s'il vous en fouvient, nous expiâmes alors la profanation de la Scene Lyrique par la douleur la plus profonde.

Le Ciel n'a point entendu nos vœux ; & le fatal événement dont *Platée*, ce phénomene terrible nous menaçoit, eft enfin arrivé. Le François a abandonné la mufique de fes Peres ; il court en foule à des productions monftrueufes & dont nous n'avons aucune idée ; il prétend y découvrir chaque jour des beautés nouvelles. Jamais on ne vit un pareil fanatifme. Trois miférables intermedes ont fafciné le Public depuis trois mois, & ont été plus applaudis à la cinquantiéme repréfentation qu'ils ne l'avoient été à la premiere. Je n'aurois jamais fini, s'il falloit vous décrire toutes les folies que je vois & tous les blafphêmes que j'entens aux repréfentations de ces intermedes. ,, C'eft, difent nos mo-
,, dernes Entoufiaftes, une mufique dia-

A iij

,, loguée comme il n'y en a point. Ce font
,, des chants fimples, élégans & expreffifs,
,, comme nous n'en avons jamais entendus;
,, ils fuffiroient feuls pour mettre au fait des
,, paroles. C'eft le ton de la nature toujours
,, rendue avec force & vérité, & fouvent
,, dans les inftans où il paroît le plus impoffi-
,, ble de la faifir. Ce font des accompagne-
,, mens qui piquent l'attention, qui concou-
,, rent à l'expreffion & qui foutiennent la
,, voix fans l'étouffer. Ce font des fineffes
,, dont nos imbécilles ne fe font jamais dou-
,, tés que leur art fût fufceptible . . . . Et que
,, fignifie ces noms *Bâteleurs*, *Boufons*,
,, quand on les donne à des Comédiens qui
,, expriment avec la derniere délicateffe des
,, paffions communes à tous les hommes,
,, & qui les repréfentent par les endroits
,, les plus frappans ? Quelqu'un qui jugeoit
,, mieux de cette peinture extraordinaire,
,, difoit, c'eft la *chofe* même, & ce font en
,, même tems des accents divins . . . . . ! Y
,, a-t-il rien de fi furprenant que la longue
,, opiniâtreté avec laquelle nos grands-peres
,, & nos grandes-meres ont admiré les com-
,, pofitions les plus plattes . . . . Mais ils ne
,, les admiroient après tout que faute d'en
,, connoître de meilleures . . . . Ils venoient

„ pour s'amuſer, ici les bonnes gens , & ils
„ s'y ennuyoient. Il s'écrioient en bâillant :
„ Ah que cela eſt beau ! & nous aurions conti-
„ nué comme eux à prendre l'Ennui pour de
„ la *Dignité* , ſi ces Italiens, ſi oppoſés à no-
„ tre pompeuſe & léthargique harmonie,
„ n'étoient venus nous arracher le bandeau,
„ & nous apprendre que la muſique eſt ſuf-
„ ceptible de variété, de caractere, d'ex-
„ preſſion & d'enjouement ; qu'elle peut
„ être tendre ſans fadeur, naturelle ſans
„ monotonie , gaye ſans trivialité , nom-
„ breuſe ſans confuſion .... Quels *duos* que
„ les nôtres ! & quels *duos* que ceux du *Joueur*
„ & de la *Serva Padrona* ! Il y a plus de gé-
„ nie dans un ſeul de ces morceaux que dans
„ nos immenſes compilations de notes ....
„ Secouons une bonne foi le joug du préju-
„ gé national, & ne rougiſſons point de cé-
„ der à des accents qui ont enchanté toute
„ l'Europe .... Après les leçons qu'on
„ vient de nous donner, il ſeroit bien éton-
„ nant que nous revinſſions à une muſique
„ gothique & barbare qui a fait aſſez long-
„ tems notre ennui & la riſée des Etrangers.
Telles ſont , Madame , les horreurs que
vous ſeriez forcée d'entendre à ma place. Les
nombre. Les noms reſpectables de Lulli , de

Campra, de Deſtouches & de Mouret, ou
ne ſe prononcent plus, ou ſont accompa-
gnés de quelqu'épithete injurieuſe. Il n'eſt
plus queſtion que d'un *Pergoleſe*, d'un *Or-*
landini, d'un *Latilla* & d'une foule d'autres
gens ignorés dont, il me ſemble, Madame,
qu'on ne parloit pas de notre tems.

Voilà les perſonnages dont on prétend que
nous prenions le ton, nous qui ſommes en
droit de le donner à toute l'Europe. Mais s'il
faut des originaux à nos Enthouſiaſtes; qu'ils
nous laiſſent jouir en paix de notre muſique
qui, de l'aveu de tout le monde, eſt la cho-
ſe la plus originale. Que les Etrangers qui
nous accuſent de légéreté, écoutent, s'ils
l'oſent, les productions de nos Compoſiteurs,
& qu'ils rougiſſent de leur calomnie. La
muſique Italienne a ſubjugué toutes les autres Nations; eh bien, tant mieux; il n'en
ſera que plus honorable pour nous d'avoir
conſtamment réſiſté à un torrent qui a entraî-
né tant de barbares.

Mais après vous avoir affligée par le récit
de nos déſaſtres, il ne faut pas vous laiſſer
ignorer nos juſtes motifs de conſolation. Au
milieu de la perverſion générale, il eſt reſté
d'honnêtes Iſraëlites qui n'ont point fléchi
le genou devant l'Idole du jour; & ſi vous

vouliez faire grace à cette Ville en faveur de quelques Justes , vous les y trouveriez encore. Certes les *Petits violons* ont bien mérité dans cette occasion le nom de *Grands*. Toûjours fidéles à l'anciennes mélodie , ils ne se font point amusés inutilement à faire les zélés ; ils n'ont point cherché à contenir le torrent du fanatisme ; mais par des détours adroits , par des ruses qui leur sont familiéres , ils ont travaillé sourdement à détruire l'œuvre à laquelle ils feignoient de se prêter ouvertement. Ils ont adroitement fixé à trois le nombre d'intermedes ; jamais ils n'ont consenti qu'on les accompagnât des ballets & autres ornements que les Apostats appellent la *Rocambolle* de nos Opéra. S'ils n'ont pû malgré cela en lasser le Public , il faut convenir que c'est la faute de ces maudits intermedes , & non la leur. Le soporatif *Acis* & la narcotique *Arethuse* étoient les contrepoisons les plus efficaces qu'on pût opposer à la nouveauté , & ils les ont employés ; avec peu d'effet à la vérité , mais c'est encore la faute de ces intermedes invulnérables. Croyez aussi , Madame , que pour assommer des sons trop séducteurs , ils n'ont pas épargné les coups redoutables de leur *bâton*. Une justice qu'il faut leur rendre encore avec tout le monde ;

c'eſt qu'ils ne ſe ſeroient point prêtés d'abord
à cette nouveauté, s'ils avoient eu le moin-
dre ſoupçon qu'elle dût augmenter la recette
de l'Opera.

La ſaine partie de notre Orcheſtre a mer-
veilleuſement ſecondé ces deux braves. Les
bras les plus vigoureux qui le compoſent
n'ont rien omis pour défigurer, ou ſi vous
voulez, pour *naturaliſer* les fatals accens qui
font tourner la tête à nos François; ils ont
mis en uſage les accompagnemens tantôt
traînans, tantôt forcés, preſque toujours à
contreſens, les tons faux, les mouvemens
eſtropiés, en un mot toute leur ſcience. A ces
témoignages authentiques de leur ſincere
oppoſition aux progrès des accens Auſoniens,
nous nous ſommes écriés : » Courage fidéle
» Orcheſtre ! l'inflexibilité de votre goût & la
» roideur invincible de vos bras, nous ſont
» des garants aſſûrés de la durée de notre
» muſique. Qu'ils paroiſſent ces *Pergoleſes*,
» ces *Orlandinis*, & tous ces prétendus Or-
» phées Italiens ; qu'on vous les abandonne,
» & ils expireront bientôt ſous vos doigts in-
» domptables ; & vous continuerez de briller
» par votre *premier coup d'archet* ; & malgré
» quelques traîtres qu'on ne diſtingue que
» trop bien parmi vous, vous reſterez à ja-

mais , comme vous prétendrez l'être depuis
» long-tems , le plus singulier Orcheftre du
» monde. «

Vous vous doutez bien , Madame , que
dans une affaire de cette importance , nous
ne fommes pas demeurés oififs le vieux Com-
mandeur & moi. Nous avons d'abord criés à
l'*indécence* , *au fcandal* ; mais comme les
applaudiffemens redoublés étouffoient nos
voix , nous avons pratiqué des fouterrains ,
formé des cabales , femé des bruits. Le Com-
mandeur me répond de toutes les femmes
jolies ou qui prétendent l'être. » Crois-moi ,
» me dit-il , mon pauvre Chevalier , ces fem-
» mes veulent être regardées , & ne goûte-
» ront jamais une mufique que les hommes
» écoutent. Et nos petits Meffieurs qui'aiment
» à fredonner ? tu t'imagines donc qu'ils fup-
» porteront des pieces où il n'y a pas un mal-
» heureux air qu'ils puiffent eftropier ? « En
revanche je lui promets & nos Compofiteurs
qui n'auroient qu'à fouffler dans leurs doigts ,
fi cette mufique venoit à prendre , & la plû-
part de nos chanteurs & chanteufes qui , à
l'exception de deux , feroient forcés de fau-
ter du Theâtre à la Guinguette. J'en rencon-
trai derniérement un que je connois ; il étoit
trifte & penfif ; il n'étoit pas difficile de de-

viner la caufe de fon inquiétude ; nous for-
tions d'une repréfentation où ces maudits
bouffons avoient été applaudis des pieds &
mains. » Qu'avez-vous, mon ami, lui dis-je?
» vous me paroiffez tout chagrin. *Eh , Mon-
fieur le Chevalier , me répondit-il , ne voyez-
vous pas que fi le public fe laiffe enforceler plus
long-tems par ces Trin-trin-trin, je fuis ruiné ?
M. Geliotte & Mlle Fel fe tireront toujours
d'affaire ; mais convenez qu'il feroit dur d'al-
ler chanter dans les rues à mon âge.*

En vérité, Madame, fon état me fit pitié ,
& j'en foupai mal : c'eft un garçon à qui il ne
manque qu'un peu d'oreille & d'étude, pour
être un Acteur admirable ; & il ne faut pas
fouffrir qu'on introduife parmi nous une mufique qui exige des qualités qui lui manquent,
& à beaucoup d'autres qui ne s'en doutent
guéres.

La perte de tant d'excellens fujets que
cette mufique baroque ne manqueroit pas
d'entraîner, m'en rappelle une autre qui vous
caufera d'abord la plus grande confternation.
Geliote, cet homme qui de l'aveu de nos
détracteurs les plus outrés , eft un Chanteur
inimitable , nous quitte ; ah Madame , dans
quelle conjoncture ! Cependant calmez un
peu vos inquiétudes ; on a découvert dans

les antres de Vulcain, un Ciclope dont on espere les plus grandes chofes ; & l'on se flatte que fix mois de magafin le mettront en état de nous dédommager de toutes nos pertes. Cela feul ne devroit-il pas décider en faveur de notre mufique : des études commencées dès la jeuneffe la plus tendre, & continuées pendant des années entieres, fuffifent à peine pour former un Chanteur Italien ; c'est affez pour les nôtres de folfier pendant quelques mois ; & on les en a même quelquefois dif-penfés, fans qu'on s'en trouvât plus mal.

Confolez-vous donc un peu, Madame ; nous ferions bien mal-adroits, fi nous ne par-venions pas à dégouter un public dont l'in-conftance & la frivolité ont été des reffour-ces affurées en tant d'autres circonftances infiniment moins importantes. Nous ferons tant que les Hiftrions feront renvoyés par-delà les Monts ; & j'aurai l'honneur de vous inftruire du fuccès de nos intrigues. En atten-dant, je fuis avec un profond refpect

MADAME,

Votre très-humble & très-obéiffant
Serviteur. ✳ ✳ ✳